Pino Costalunga

IL BOSCO DELLE LETTERE

Illustrazioni di
Cinzia Battistel

Una pianta speciale

La lezione stava per terminare.

La maestra Pina diede la lista delle cose da portare a scuola per il giorno dopo: un foglio grande da disegno, la matita a punta dura, il compasso, la gomma da cancellare e il righello.

– E chi ce l'ha, porti anche una torcia elettrica e una cordicella metrica – aggiunse.

– Cosa faremo maestra? – chiese Carlotta.

– Disegneremo la pianta della scuola – sorrise la maestra.

Spiegò che non si trattava di un albero, ma di un disegno che mostrava come era fatta la scuola. Con la cordicella metrica si dovevano misurare le aule, la palestra, gli sgabuzzini, i muri di fuori e di dentro, e perfino i gabinetti e i sotterranei bui dove nessuno entrava più da anni, e poi li si doveva riportare disegnati in scala, cioè rimpiccioliti, sul foglio.

– Vedrete – aggiunse la maestra, – ci divertiremo.

– Sì, ma a cosa serve disegnare la pianta della scuola? – chiese Alin, a cui piaceva molto l'idea, ma voleva sempre capire il perché di ogni cosa.

La maestra Pina gli si avvicinò e gli sussurrò in un orecchio:

– Se te lo dico, mi prometti di non riferirlo a nessuno?

– Promesso!

– La pianta della scuola ci servirà per fare la mappa…

– La mappa? – esclamò Alin.

– … la mappa per trovare il tesoro! – aggiunse la maestra.

Nonostante avesse parlato sottovoce, la parola **TESORO** echeggiò in classe e tutti i bambini le si affollarono intorno per saperne di più.

– Non fatemi dire altro – sorrise la maestra, – domani capirete.

Un attimo dopo suonò la campanella della fine delle lezioni.

Una strana signora

La prima cosa che Alin fece quella sera, prima di andare a letto, fu di mettere dentro la cartella una torcia elettrica e la cordicella metrica presa in prestito da suo padre che faceva il muratore.

Indossato il pigiama e caricata la sveglia, si mise sotto le coperte, spense la luce e cercò di prendere sonno.

Non riuscva però a chiudere occhio e la mattina non si decideva ad arrivare mai.

Aveva già cominciato ad albeggiare quando si appisolò, ma il sonno non durò a lungo perché fu interrotto da un botto improvviso. Un colpo alla finestra, come se qualcuno avesse tirato un sasso contro il vetro.

Alin si alzò subito e si accorse che Carlotta era già in strada ad aspettarlo, come sempre, per andare a scuola insieme.

Alin guardò la sveglia sul comodino: non aveva suonato e segnava ancora la mezzanotte. Sicuramente c'era stato un guasto e s'era fermata, pensò. Ma perché la mamma non l'aveva svegliato? Certo, non era in casa. Faceva le pulizie e spesso lavorava di notte.

Il papà, invece, andava al lavoro molto presto, senza mai dimenticare di lasciare sul tavolo la colazione preparata per lui e un biglietto con scritto:

Ci vediamo stasera, buona giornata!

"Non c'è tempo per la colazione, sono in ritardo e Carlotta mi aspetta" pensò Alin.

Si vestì in fretta, mise il suo zainetto in spalla e scese in strada di corsa.

Quando lui e Carlotta arrivarono a scuola, tutta la classe era già in cortile, ma la maestra Pina non c'era. C'era Berengario, il bidello, vicino a una grande scatola di cartone con la scritta **FRAGILE**.

– Mi è stata appena consegnata – disse Berengario. – La manda la vostra maestra Pina.

Berengario aveva una voce strana, quasi metallica, e il suo aspetto sembrava diverso dal solito.

– C'è anche un biglietto scritto – disse Giovanna, che aveva esaminato tutti i lati dello scatolone.

– Ma perché Pina non c'è? – protestò Manolo. – Dovevamo fare la mappa del tesoro, oggi!

– Come si fa allora? Avevo portato anche la cordicella metrica – aggiunse Alin imbronciato.

– Leggiamo il biglietto – propose Giovanna, – forse ne sapremo qualcosa di più.

Si schiarì la voce e lesse:

CARRI BANBINI, OGI NON POSO VENIRE
PERCHE SONO AMALATA.
MA SE APRITTE IL SCATOLONE TROVERETTE
CHI VI AIUTERA A FARE LA MAPA.

LA VOSTRA MAESTRA PINA

– Quanti errori! Com'è possibile che la maestra Pina abbia scritto un simile biglietto? – si chiese Carlotta perplessa.

– Ma scusate – suggerì Alin, – non è meglio aprire la scatola e vedere cosa contiene?

Tutti furono d'accordo.

Furono molte le grida di sorpresa quando si scoprì il contenuto.

– E tu chi sei? – gridarono i bambini.

Dentro allo scatolone c'era una persona in carne e ossa, una signora grassa dalla faccia rubiconda.

Indossava un vestito bianco a fiori e portava in testa un cappellino rosa ricolmo di viole e margherite. Teneva appesa al braccio una borsetta rosa, ricamata con il pizzo bianco.

– Ma guarda quanti bei bambini! – sorrise la signora. – Mi ha mandato qui la vostra maestra Pina, sono la vostra nuova supplente e il mio nome è Ro… Ro… Ro…

– Rosa! – suggerirono Giovanna e Carlotta.

– Ro… Ro… Ro… – continuava a balbettare quella strana signora.

– Roberta – provò Oreste.

– Rodica – proposero Alin e Claudio.

– Roshni – disse convinta Niral.

Ma nessun suggerimento andava bene e la supplente, che non riusciva ad arrivare in fondo alla parola, insisteva:

– Ro… Ro… Ro…

– Rosanna…Romina… Romana… Rosalina… Rosamaria… Rosaspina – proposero gli altri bambini.

No, nessuno diceva il nome giusto.

– Ro… Ro… Ro… – continuava la supplente nello scatolone.

– Rosmunda – suggerì Berengario con la sua strana voce nuova.

– Robot! – disse finalmente la strana signora. – Il mio nome è maestra Robot...

– Infatti assomiglia proprio a un robot – bisbigliò Oreste ad Alin, ridacchiando, per non farsi sentire dalla nuova venuta. – Un robot che funziona pure male!

– ... e visto che la vostra maestra Pina è ammalata, ha mandato me per aiutarvi a fare la mappa! – aggiunse.

Alin tirò un bel sospiro di sollievo, quella strana supplente, in fondo, gli sembrava simpatica.

– Scusami maestra Robot – chiese Paolo, – quando torna la maestra Pina?

– Tornerà fra pochi giorni – disse con un sorriso stampato sulla piccola bocca paffuta – ha la **FEBBRE MENEGHINA**.

– La febbre meneghina? Dev'essere molto grave se fa fare tutti questi errori! – esclamò Giovanna, consegnando il biglietto alla maestra Robot.

– La febbre meneghina dura una notte e una sola mattina, quindi vi assicuro che fra pochi giorni la vostra maestra tornerà.

Poi prese il biglietto e senza alcun segno di sorpresa lo mise in borsa. Una volta richiusa la borsa, si sentì uno strano rumore, come quello che fa il computer quando sta elaborando qualche programma un po' complicato, poi da una tasca laterale, nascosta sotto il pizzo, rispuntò il biglietto, ma tutto corretto.

CARI BAMBINI, OGGI NON POSSO VENIRE
PERCHÉ SONO AMMALATA.
MA SE APRITE LO SCATOLONE TROVERETE
CHI VI AIUTERÀ A FARE LA MAPPA.

LA VOSTRA MAESTRA PINA

– E chi vi aiuterà sono proprio io – cinguettò la maestra Robot. – Non preoccupatevi, bambini, per qualche parola sbagliata: io ho questa borsetta magica che può correggere automaticamente e senza nessuna fatica ogni errore di grammatica e di ortografia.

– Forte! – esclamò Alin entusiasta.

– Dove si compera quella borsa? – chiese Oreste.

– Ne vendono anche senza pizzi? – domandò Manolo.

Giovanna e Anna si scambiarono un'occhiata piena di dubbi, qualcosa non quadrava in quella nuova supplente. Ma la maestra Robot, con passo sicuro, uscì dallo scatolone e si rivolse sorridente alla ciurma di bambini che la guardavano stupefatti.

– E ora bambini, forza! Fuori i blocchi e le matite, perché si comincia.

Era molto divertente. Tutti si dettero da fare a

misurare, a fare calcoli, a disegnare. Chi di qua e chi di là nel cortile, chi seduto a terra e chi appoggiandosi sul muretto o su una panchina o addirittura sulla schiena di un altro. Alin stava misurando la circonferenza del tronco del pino, quando vide in mezzo alle radici una specie di botola in legno con una scritta minacciosa:

– Guarda! – disse Alin a Carlotta.

– Chissà dove porta?! – chiese lei.

– Sicuramente nei sotterranei. Entriamo e così lo scopriremo – fece Alin, che aveva già aperto la botola.

– Aspetta, dove vai? – cercò di fermarlo Carlotta, senza accorgersi che nella foga era entrata pure lei. Ma quando fece per tornare indietro, la botola si chiuse sopra la sua testa con un colpo secco.

– Aiuto, aiuto, aprite! – si mise a gridare Carlotta battendo i pugni contro la porticina di legno.

Niente da fare. Nessuno la sentì.

Carlotta allora scese automaticamente una scaletta, un gradino dopo l'altro, a tastoni nel buio, finché i suoi piedi non si appoggiarono su una specie di pavimento.

– Alin, Alin – cominciò a chiamare con un filo di voce, intimorita dal luogo e soprattutto dall'oscurità.

– Carlotta, vieni a vedere cosa ho trovato… – rispose una voce. Era Alin. Era tornato indietro e teneva stretta in pugno la sua torcia elettrica accesa. Fortunatamente aveva portato con sé lo zainetto.

Carlotta lo seguì e si trovò davanti a due porte: su quella di sinistra c'era scritto **VALIGE** e su quella di destra **VALIGIE** e Alin stava illuminando con la sua torcia una frase scritta sulla volta che sovrastava le due porte:

Se la strada giusta volete fare
una valigia dovete avere
perciò nella stanza entrerete
dove una valigia a testa troverete
ma se sbagliate, vi perderete!

– Cosa vuol dire? – chiese Alin a Carlotta.

– Che dobbiamo avere una valigia a testa e dobbiamo entrare nella stanza per trovarne almeno due – disse. – Una per me e una per te.

– Questo lo capisco pure io. Ma se su una porta è scritto **VALIGE** e su un'altra **VALIGIE**, con solo una i di differenza – osservò deluso Alin, – come si fa a sapere qual è la porta giusta? E non possiamo sbagliare, altrimenti ci perderemo.

– Facile – sorrise Carlotta, – basta scegliere la porta che ha la scritta VALIGIE.

Alin chiese a Carlotta perché proprio quella e non l'altra. Lui voleva avere sempre chiaro il perché di ogni cosa.

Carlotta, che era un asso in grammatica, glielo spiegò.

Presero la porta di destra, entrarono e trovarono subito le valigie. Ma ecco un'altra scritta attaccata alla parte interna della porta:

NON VI DOVETE MAI SEPARARE,
MA SE DOVESSE CAPITARE
UNA TORCIA A TESTA È MEGLIO PORTARE

Subito lì di fronte c'erano due armadi: uno con su scritto **TORCE** e uno con la scritta **TORCIE**.

– Adesso che conosco la regola, so qual è l'armadio giusto – sorrise Alin. Con decisione aprì l'armadietto con la scritta **TORCE**.

Alin aveva aperto senza esitazione l'armadio giusto perché aveva capito bene la spiegazione di Carlotta.

– Bravissimo – esultò Carlotta, prendendo pure lei una torcia dall'armadio. – Guarda – gridò felice, illuminando una figura che sbucava da un corridoio laterale, – è Berengario, è venuto a tirarci fuori.

– ***Sssttt…*** – la zittì Berengario, – la maestra Robot ci può sentire. Ha i superpoteri!

Berengario parlava finalmente con la sua voce normale.

– Cosa? – ridacchiò Alin. – Non sarà mica un supereroe venuto da un pianeta lontano?

– Sì – disse Berengario, – cioè, no! Non è un supereroe, ma un robot. E viene davvero da un pianeta lontano.

– E cosa vuole da noi? – chiese incredula e un po' preoccupata Carlotta.

– Nel pianeta da dove viene ci tengono sotto controllo, ci spiano. Immagino che ieri abbiano sentito che la maestra Pina vi voleva portare alla ricerca di un tesoro, e così sono venuti sulla terra. Vogliono il nostro tesoro!

– Wow! Dei Pirati Spaziali! – commentò eccitato Alin.

– L'avevo capito che non era stata la maestra Pina a scrivere quel biglietto, troppi errori – commentò Carlotta. – Ma che dobbiamo fare ora? E la maestra Pina dov'è?

– L'hanno fatta prigioniera e caricata sulla loro nave spaziale, hanno scritto un biglietto finto in cui lei dice di essere ammalata e poi hanno cercato di catturare anche me, ma io sono riuscito a scappare e mi sono nascosto qui, nei sotterranei della scuola – spiegò Berengario ancora un po' impaurito.

– Ma scusa – chiese Carlotta, – e quello lassù, allora …. Non eri tu? Ti assomigliava.

– No – ripose il bidello, – era una copia perfetta di me. L'hanno fatta per ingannarvi, perché voi alunni pensaste che quello ero io. Ma pure quello è un robot!

– Wow – fece ancora Alin, – una copia perfetta di un umano! Altissima tecnologia!

– Adesso capisco perché quella strana voce metallica – fece Carlotta.

– La maestra Pina – proseguì il bidello – mi ha detto di salvare il tesoro a tutti i costi, è importantissimo! In fondo a quel corridoio c'è una porta. Bisogna passare di là, perché là fuori c'è un bosco da attraversare per trovare il tesoro, ma ci vuole la chiave e…

– … la chiave è in questa valigia. Guarda qui – fece Carlotta illuminando la sua valigia sulla quale c'era scritto:

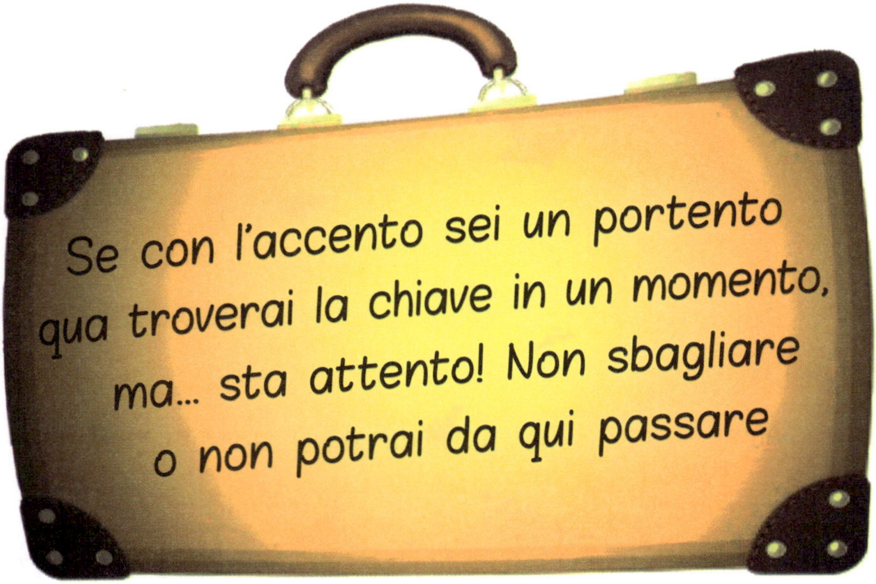

– Cosa c'entra l'accento con la chiave? – sbuffò Alin un po' seccato. Lui gli accenti li dimenticava spesso.

Carlotta aveva già aperto la sua valigia che era piena di buste. In ognuna c'era una chiave e sulla copertina di ogni busta campeggiava una scritta. Sulla prima che pescò, lesse:

– E allora strappiamola – fece Alin togliendogliela di mano – prendiamo la chiave e andiamo subito ad aprire quella porta, prima che arrivino i Pirati Spaziali!

– No! – lo fermò Carlotta mostrandogli la scritta, – non è la busta giusta, c'è la **E** senza accento. E la busta giusta non è neppure questa – aggiunse poi, prendendone un'altra su cui stava scritto:

– Uffa, che storia! – sbuffò Alin. – Perché?

– Perché non ci va l'accento né su ***STA*** né su ***FA*** e neppure su ***FU*** e ci va invece su ***GIÀ***!

– ***GIÀ GIÀ***... con l'accento sulla a! – sbuffò Alin, che aveva intanto pescato un'altra busta sperando di aver trovato finalmente quella buona. – Guardate un po' qui.

E illuminò con la sua torcia la seguente frase:

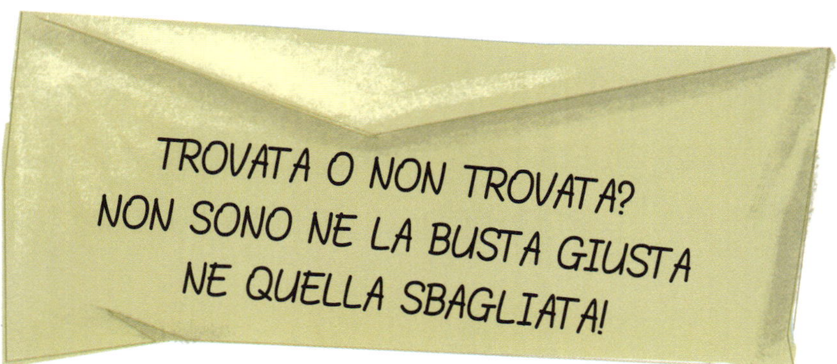

– No, anche questa è sbagliata – disse Carlotta – perché ci vuole l'accento su **NÉ**: NON SONO **NÉ** LA BUSTA GIUSTA **NÉ** QUELLA SBAGLIATA, così bisognerebbe scrivere!

– Guarda questa allora – disse Alin, tirando fuori un'altra busta dalla valigia. – Qui ci sono altri due NE senza accento.

– Qui però sono giusti scritti così – aggiunse Carlotta.

Stava scritto:

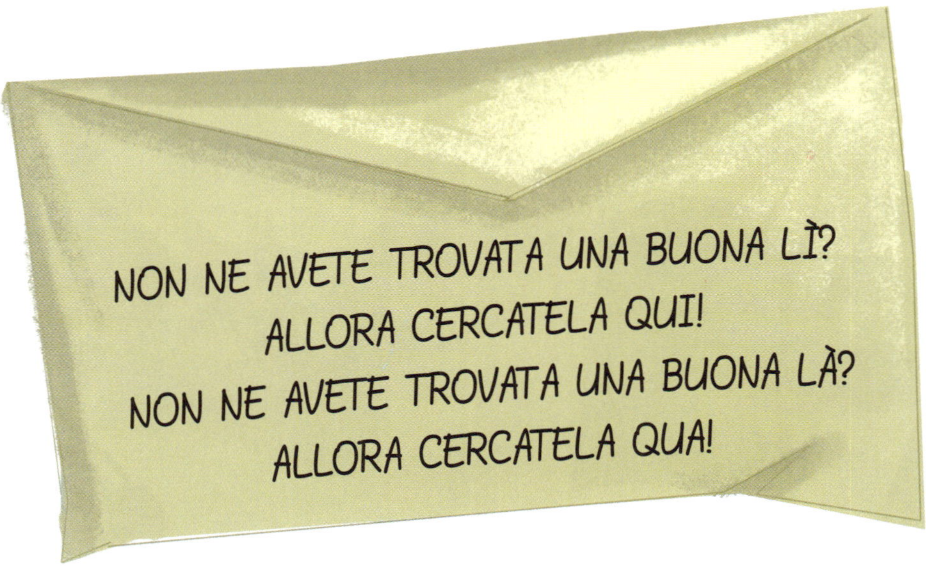

– Sì, questa è la busta giusta! – esultò Berengario, che fino ad allora se n'era stato zitto ad ascoltare, – e per quanto riguarda il **QUI** e il **QUA**, conosco anch'io la vecchia filastrocca: "Su **QUI** e su **QUA** l'accento non va, su **LÌ** e su **LÀ** l'accento ci sta"!

"Questa storia dell'accento sembra non finire mai!" pensò Alin. Prese quindi la chiave che era nella busta, la infilò nella serratura, girò prudentemente con il terrore che fosse comunque quella sbagliata e… la porta si aprì!

Lo zoo nel bosco

Che meraviglia!

Chi avrebbe mai potuto pensare che i sotterranei della scuola portassero in un bosco così bello, pieno di alberi fioriti, di uccelli che cinguettavano e di animali in gabbia!

– Ma perché questi animali sono in gabbia? – chiesa Carlotta, aggirandosi in quella specie di zoo. Fu allora che notò la scritta che campeggiava sul portone d'entrata:

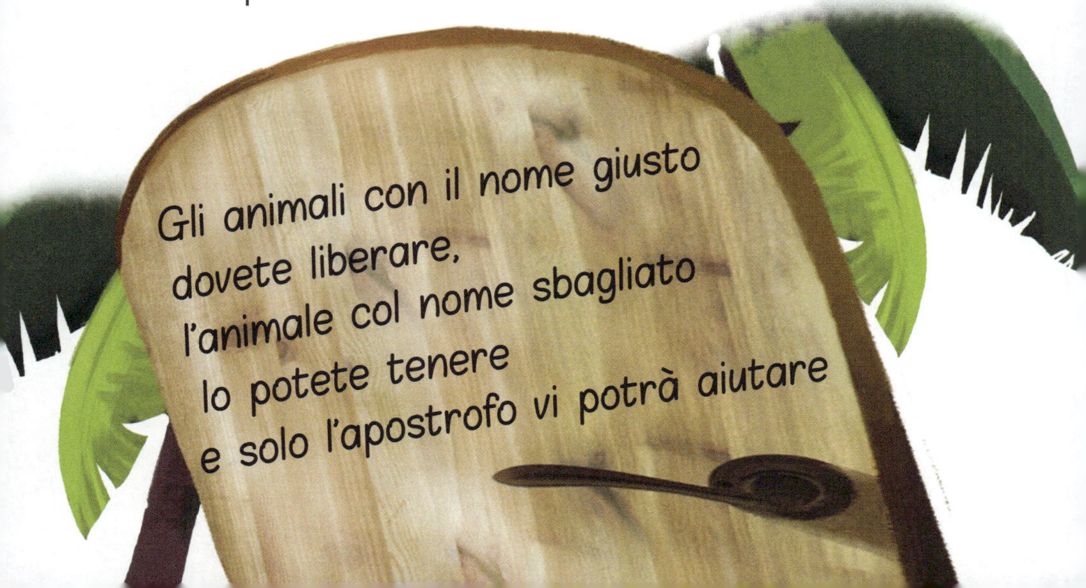

– Non bastava l'accento – protestò Alin, – pure l'apostrofo doveva mettersi di mezzo ora!

Da un lato dello zoo, c'erano alcune gabbie con le rispettive scritte su ogni cancello:

Alin guardava le gabbie dubbioso. Ma Carlotta non ebbe dubbi e disse:

– Bene, questi animali vanno liberati tutti. Hanno l'apostrofo al posto giusto e quindi i loro nomi sono giusti.

Nella parte opposta, in un recinto, stavano altri animali. Sul cancello erano scritti i loro nomi:

– Quell'apostrofo su **UN'ASINO** – osservò Alin – mi sembra strano, anche se asino comincia con una vocale come aquila.

– Bravissimo Alin, infatti si scrive **UN ASINO**, senza apostrofo – disse Carlotta.

Alin aveva capito al volo la regola e cominciava pure a divertirsi con la grammatica.

– E per questo liberiamo il daino, il poni e il canguro e ci teniamo l'asino – tagliò corto Berengario, aprendo le gabbie.

Liberarono gli animali e si inerpicarono poi per un sentiero che portava verso la cima di una montagna, con al seguito il simpatico asinello.

Il tesoro

A un certo punto il sentiero si fece così stretto e il burrone così ripido, che a tutti e tre vennero le vertigini. Solo l'asino non sembrava avere paura di nulla, infatti procedeva sicuro e dritto per quella stradina angusta tutta in salita. Alin, Carlotta e Berengario pensarono bene allora di sistemarsi sulla sua groppa e di procedere tenendo gli occhi chiusi, per non vedere di sotto. Avanzarono per un bel tratto, quando l'asino si fermò emettendo un vigoroso raglio.

– Oh, che bella sorpresa! – fece una voce allegra.

I tre aprirono gli occhi. Davanti a loro c'era un vecchio con una lunga barba bianca.

– Era da tantissimo tempo che qualcuno non veniva a farmi visita. Benvenuti! – aggiunse il vecchietto. Aveva un aspetto simpatico e accolse i nuovi arrivati con un abbraccio.

– Che ci fai qui, nonnino? – chiese Carlotta.

– Aspetto il mio nipotino, ma lui non viene mai! – si rattristò per un attimo il vecchietto – e io non posso muovermi di qui, sono troppo vecchio e non ho molti soldi per viaggiare.

– Telefonagli! – suggerì Alin.

– Scrivigli una lettera! – disse Carlotta.

– L'ultima volta che ho mandato una lettera al mio nipotino, è stato qualche anno fa. E comunque non mi ha mai risposto.

– Forse allora era piccolo e non sapeva leggere. Magari se gliela scrivi adesso... – propose Alin fiducioso.

– Ma io non so né leggere né scrivere!

– E allora, come hai fatto a scriverla quella volta? – chiese Carlotta.

– Mi ha aiutato uno scolaro – spiegò il vecchietto, mettendosi a ridere a quel ricordo. – Era a scuola e si era perso tornando in aula dal bagno. È entrato in un cunicolo, sotto il pino del cortile, e là sotto ha trovato delle stanze piene di domande di grammatica e un bosco con degli animali, però in gabbia, come in uno zoo. E poi è arrivato su questa montagna, dove ha trovato me. Ma quando l'ha raccontato, la maestra non ci ha creduto!

– E poi? – chiese Alin.

– Quello scolaro non è più tornato a trovarmi – sospirò il vecchietto, – forse è diventato grande e si è dimenticato la strada che porta fino a qui. Quando si diventa grandi si dimenticano molte cose.

– O forse non è più tornato – disse pensieroso Alin, – perché aveva trovato il tesoro.

– Cosa vuoi dire? – chiese Carlotta preoccupata. – Che abbiamo fatto tutto questo viaggio per niente? Per salvare dalle mani dei Pirati Spaziali un tesoro che è già stato trovato da un altro prima di noi?

– Certo – disse Alin, – non hai sentito? Quel ragazzo ha fatto la stessa strada che abbiamo fatto noi oggi.

– Quel ragazzo non ha trovato il tesoro, semplicemente perché nessuno gli aveva mai detto che qui c'era un tesoro. Si era davvero perso tornando dal bagno – spiegò il vecchietto. – Io invece vi dico che il tesoro c'è ancora. E io so anche dov'è!

– Diccelo allora, diccelo, ti prego! – si misero a gridare felici i ragazzi. – E noi ti poi aiuteremo a scrivere la lettera!

– Prima la lettera – disse deciso il nonnino.

Alin aprì il suo zainetto, tirò fuori una penna dall'astuccio e un quaderno, passò gli arnesi a Carlotta che, seduta su una grossa pietra, aspettava che il nonno dettasse.

– Caro nipotino mio... – cominciò il vecchietto. – ... se tu **verresti** a trovare il tuo nonno, lo **facessi** molto felice!

– … se tu *venissi* a trovare il tuo nonno, lo *faresti* molto felice – scrisse Carlotta, usando i verbi nei modi e nei tempi giusti.

– È vero – si scusò il vecchietto, – usare i verbi è molto difficile.

– Lo so, non preoccuparti – gli sorrise Alin, – sono davvero difficili i congiuntivi e i condizionali.

– Ragazzi, forza… veloci con quella lettera! – li incitò Berengario, che di tanto in tanto guardava verso valle con la paura di vedere arrivare i Pirati Spaziali.

Il nonno allora continuò a dettare:

– Avevo pensato che tu *avevi ricevuto* una lettera che ti ho mandato qualche anno fa. Ma visto che non mi hai mai risposto, penso che non ti *è* mai arrivata…

– No – disse Carlotta, – è meglio scrivere così: "Avevo pensato che tu *avessi ricevuto* una lettera che ti avevo mandato qualche anno fa. Ma visto che non mi hai mai risposto, penso che non ti **sia** mai arrivata".

– Ti abbraccio e ti aspetto presto. Tuo nonno Marius – finì il vecchietto. E Carlotta scrisse.

– Anche mio nonno si chiama Marius! – esultò Alin, – e anche lui abita lontano!

Poi, un po' più triste, aggiunse:

– E mi piacerebbe tanto incontrarlo, perché non l'ho mai conosciuto.

– Adesso bisogna scrivere l'indirizzo – disse Carlotta, – come si chiama tuo nipote? E dove spediamo la lettera?

– Il mio nipotino si chiama Alin – disse allora il vecchio Marius, – e la lettera la spediamo nella sua scuola, la scuola della maestra Pina e del bidello Berengario.

– Ma il bidello Berengario sono io! – disse Berengario.

– E la maestra Pina è la nostra maestra! – aggiunse Carlotta sbalordita.

– E allora io sono il tuo nipotino – urlò Alin saltando in braccio al vecchietto e abbracciandolo forte. – Nonno Marius!

– Alin, nipotino mio!

– E il tesoro dov'è? – fece Berengario, interrompendo la scena felice.

– Il tesoro l'avete sempre avuto con voi, fin dall'inizio! – disse la maestra Pina, che apparì da non si sa dove proprio in quell'istante. – Bastava guardare dentro la valigia di Alin.

– Davvero? – fece Alin cominciando a darsi da fare per aprire la valigia.

– Tieni Alin – disse la maestra Pina, – la chiave ce l'ho io!

– Wow! – disse Alin. Prese la chiave, aprì in tutta fretta la valigia e vi trovò...

– ***LIBRI!*** – esclamò deluso Alin, – il tesoro erano solo dei ***LIBRI?***

– Certo – disse la maestra Pina, – libri pieni di avventure, pieni di storie e di tante altre cose. Poi ce n'è uno speciale che oltre a raccontare una strana avventura di pirati spaziali e di maestre supplenti che sono dei robot venuti dallo spazio, è pieno di filastrocche con le quali si può studiare la grammatica in maniera molto divertente.

– Maestra Pina – esclamò felice Carlotta, – sapessi che bel viaggio abbiamo fatto per arrivare fin qui!

– Sì, davvero – ammise soddisfatto pure Alin. – E io ho trovato anche qualcosa che è meglio di un tesoro: il mio nonnino!

– E i Pirati Spaziali? La Maestra Robot e il robot Berengario? E tu, maestra, come sei riuscita a liberarti?

Fu allora che apparirono pure la maestra Robot e quell'altro Berengario, il robot dalla voce metallica.

– Siamo qui anche noi! – dissero.

– Fermi là – fece Alin, allontanando la valigia del tesoro e facendo i pugni minaccioso contro Robot, – guai a voi se vi avvicinate!

– Ma no – sorrise la maestra Pina, – loro sono venuti da lontano, da un altro pianeta, in amicizia, non vogliono farci del male. Anzi: vogliono imparare anche loro la grammatica divertendosi!

– E la lettera piena di errori? E la borsetta? – chiese Alin.

– Solo un vecchio trucco per farvi fare tutto questo viaggio e farvi trovare il tesoro divertendovi – spiegò la maestra Robot.

– Allora – disse deluso Alin, rivolto ai due extraterrestri – nel vostro pianeta non ci sono borsette magiche che correggono automaticamente gli errori di grammatica e di ortografia!

– Sì, ci sono – spiegò il robot Berengario con la sua voce metallica, – ma ci sono venute terribilmente a noia.

– Perciò – disse la maestra Pina, prendendo dei libri dalla valigia e consegnandone uno a testa a tutti i presenti, – questi libri sono per i nostri amici extraterrestri, questi per Alin e Carlotta, questo per te nonno Marius, e questo per te Berengario. Sono divertenti filastrocche grammaticali.

– Grazie maestra Pina – disse la maestra Robot – e grazie a voi ragazzi per aver trovato questo tesoro. Cosa posso fare per ringraziarvi? Ditemi, ditemi...

– Mi piacerebbe sapere tante cose sui vostri viaggi spaziali – disse Alin – ma una cosa mi preme di sapere per prima: come si chiama il vostro pianeta e quanto ci vuole per raggiungerlo?

– Il nostro pianeta si chiama Pianeta Meneghina – spiegò sorridente la maestra Robot – ed è molto lontano dalla terra: si trova a cinque galassie e due costellazioni più in là. Ma noi abbiamo una navicella spaziale velocissima, che per raggiungerlo ci mette una notte e una sola mattina!

– Mi piacerebbe tanto venire con voi – disse Alin. E poi rivolto alla maestra Pina aggiunse supplichevole: – In fondo, dopodomani sarò di ritorno a scuola. Posso?!

– Certo! Puoi andare se vuoi.

– E puoi portare anche tuo nonno, se vuole accompagnarti – disse la maestra Robot.

– Wow! – esultò Alin.

Prese per mano nonno Marius, raggiunsero insieme il razzo spaziale, salirono. Cominciò il conto alla rovescia:

Verso il Pianeta Meneghina

Il razzo partì velocissimo, verso le stelle.

Ma che strano, invece di rombare, i motori sembravano avere dei campanelli che trillavano: **DRIN DRIN DRIN**. Come la suoneria di una sveglia.

E Alin non era più a bordo di una navicella spaziale, ma nel suo letto, a casa sua. E quello che squillava non era il motore di un razzo, ma era proprio la sua sveglia.

Che delusione: era stato tutto un sogno, solo un sogno. Anche se bellissimo.

Si alzò, andò in cucina e ci trovò sua madre che lo aspettava sorridendo.

– Mamma – le chiese sorpreso, – non sei a lavorare?

Lei fece un sorriso ancora più grande e gli diede una lettera.

– No, sono rimasta a casa perché oggi andrò di corsa all'agenzia di viaggio. Fra poco cominciano le vacanze e io e papà abbiamo deciso che quest'anno andremo tutti a trovare il nonno Marius. Guarda: ti ha mandato una lettera.

Alin era tutto eccitato, aveva quasi paura di leggere, ma lesse!

Caro nipotino mio
se tu venissi a trovare tuo nonno, lo faresti molto felice. Avevo pensato che tu avessi ricevuto una lettera che ti avevo mandato qualche anno fa. Ma visto che non mi hai mai risposto, penso che non ti sia mai arrivata.

Ti abbraccio e ti aspetto presto.

Tuo nonno Marius

In quella lettera, Alin credette anche di riconoscere la scrittura di Carlotta.

– Ma non è finita: nonno Marius ti ha mandato pure questo – disse la mamma, consegnandogli un libro. – L'ho sfogliato, contiene delle **divertenti filastrocche sull'ortografia e la grammatica italiana**. Non capisco dove l'abbia trovato, lui che vive in un paese lontano dove per giunta non si parla l'italiano!

– Io lo so dove l'ha trovato – sorrise furbetto Alin, – l'ha trovato nel Pianeta Meneghina!

– Il Pianeta Meneghina? – chiese mamma sbalordita. – È un negozio di libri?

– Sì – aggiunse ancora più furbetto Alin, – una specie!

Poi prese lo zaino. Mise dentro il libro e la lettera, diede un grosso bacio alla mamma e raggiunse Carlotta che lo aspettava in strada.

I due, insieme, chiacchierando fitto fitto, presero allegramente la strada di scuola.

IL LIBRO DI NONNO MARIUS

allegre filastrocche per giocare con le regole ortografiche

ASCOLTALE SUL CD!

TRACCIA 01

Cari bambini,
ci troviamo in uno strano bosco,
fatto di lettere,
di segni di punteggiatura e di accenti...

... ma state tranquilli,
non ci perderemo!

Anzi, in questo bosco speciale
troveremo storie bellissime
in forma di filastrocche magiche
e divertenti!

TRACCIA 02

C'è una strada nel bosco delle lettere che ci porterà dritti dritti dentro le storie…

L'alfabeto

Apri la
Bocca
Conta i racconti
Di
Elfi
Folletti e
Grossi Giganti.
Hai
Il
Libro
Mondo da
Narrare

Ora lo
Puoi
Qui
Raccontare.
Sono curioso
Ti voglio ascoltare
Una
Volta c'era...
Zitto, zitto...

... la storia sta per cominciare

TRACCIA 03

*L'alfabeto è fatto di **vocali** e **consonanti**.*
Le vocali da sole formano delle aiuole speciali, oasi di colore che si trovano nel bosco delle lettere.

Aiuole fiorite

Le aiuole sono fiorite
di fiori assai speciali,
sono belli e profumati,
si chiamano vocali:
la **a** dell'azalea,
la **i** che è in tutti i fiori,
la **u** dell'uva spina,
la **o** dell'orchidea.

La **e** dell'erba verde
sta in fondo alle aiuole,
se non ci fosse lei
sarebbero più sole.

*Le consonanti stanno bene solo quando vicino a loro ci sono le vocali. Quando sono da sole possono formare **strani suoni**.*

Fusa di gatti

Doppia zeta di carezze,
doppia zeta di dolcezze,
per peli, coda e baffi,
dà come prodotto fusa di gatti:
ffffffffzzzzzzzzz

Tre enne di ninna,
tre enne di nanna,
tre emme di mamma
è un dolce suono la loro somma:
zzzzzzzzzzzssssssssss

Se nel sogno s'intrufola
la gn di mignolo
il risultato qual è?
Un minuscolo regno e uno gnomo per re.
Ronf ronf ronf ronffffffff

TRACCIA 05

*Spesso le consonanti amano stare con le loro sorelle gemelle, e allora diventano **doppie**. Alle volte, però, qualche doppia scompare… Forse se l'è presa Orsetto Ghiottone?*

La spesa di orsetto Ghiottone

Orsetto Ghiottone
che è un grande mangione
va a fare la spesa
a ogni occasione,
ed ecco la lista
di quello che acquista:
due **esse**
per le patate lesse,
due **ti** e due **elle**
per le frittelle,
tre **ti**
per la frittata,
una sola
per l'insalata.

Di **cchi**
tre pacchi
per le lenticchie e i fichi secchi,
e poi due sacchi
per le albicocche e i finocchi.
Infine… due **pi** per lo sciroppo
perché ha mangiato troppo
e due **ci** per la pasticca
che lo aiuta a far la cacca.

TRACCIA 06

*Attento! **Una doppia in più o in meno** può combinare grandi guai: una palla può diventare una pala e una trota invece di nuotare può perfino trottare!*

Trotta il cavallo e nuota la trota

Trotta il cavallo e nuota la **trota**,
gira la carta ché la secchia è vuota,
hanno **sete** i **sette** nani,
riempine un'altra per domani.

Caro cavallo, corri più in fretta,
corri col **carro** che c'è chi ti aspetta,
spande la secchia da un bucherello,
riempirò d'acqua il mio cappello.

Cappello che in testa è un vero portento,
per riparare i **capelli** dal vento
e se non **calo** il cappello sul viso,
mi cresce un **callo** gigante sul naso.

Il callo si gonfia e diventa una **palla**,
che gira che ruota che gioca che balla,
come la **pala** del vecchio mulino,
eccomi al fiume col mio cavallino.

TRACCIA 07

*Nel bosco delle lettere c'è un vento speciale che, soffiando, racconta tante favole, piene di **V** e di **F**.*

Soffia il vento

Soffia il **vento**, soffia forte,
frusciano foglie, sbattono porte,
volano scarpe e sottane,
svela il vento le sue trame.

Ti racconta le sue **fole**,
soffia freddo, sfida il sole,
sveglia neve, si fa pioggia,
sforna nuvole e le assaggia.

San di zucchero filato,
son batuffoli su un prato,
dove i bimbi in girotondo
fanno più felice il mondo.

TRACCIA 08

*Davanti a **P** e **B** non ci va mai **N**, ma sempre **M**.*
Scopri il perché nel bosco delle lettere.

Lettere bambine

P e B sono bambine
e già molto birichine
e per mano con Zia Enne
se ne vanno a passeggiare.

Ma Zia Enne è vecchia e stanca
e ha bisogno di stampelle,
ché la forza le vien meno
di seguir quelle monelle.

A lei basta un bastoncino
che la tenga su un pochino,
che la faccia un po' sembrare,
emme di mamma, emme di mare.

TRACCIA 09

*È difficile alle volte sapere se **LI** deve stare da solo, o in compagnia di una **G**, come in **GLI**. Ma Nonna Amalia sicuramente lo sa.*

Maglie e maglioni per tutti

Quando è inverno, Nonna Amalia
con la lana fa la maglia.
Ne fa una per la quaglia
ne fa un'altra per la triglia.

Ne fa una larga un miglio
per il campo di trifoglio,
una poi color vermiglio
per Emilia la coniglia.

Per quell'asino che raglia
un berretto forse è meglio,
la panciera si consiglia
al canguro dell'Australia.

Un milione di m**agli**oni
per le mele e i meloni,
maglie e miglio per becchime
per i poveri uccellini.

Forza, fila, cuci e ta**gli**a
con la lana, Nonna Ama**li**a,
ché l'inverno è su la soglia,
di gelare non ho voglia!

TRACCIA 10

Nel bosco delle lettere si aggira il raffreddore: tutti sono stati contagiati da una i raffreddata.

Chi ha il raffreddore?

Ca, **Co** e **Cu** non facevano etciù,
ma fra loro si è infilata
una i che è raffreddata,
con stanghetta e con puntino
ora gocciola il nasino
e col moccio ciondolone
anche Ca, Co e Cu
alla fine fanno **etciù**.

Ce e **Ci** fanno etcì,
mamma mia quanto rumore!
Che ci vuole per curare
quel gran brutto raffreddore?
Basta un'acca al posto giusto
che guarisce molto presto
chi vuoi tu
dal terribile etciù.

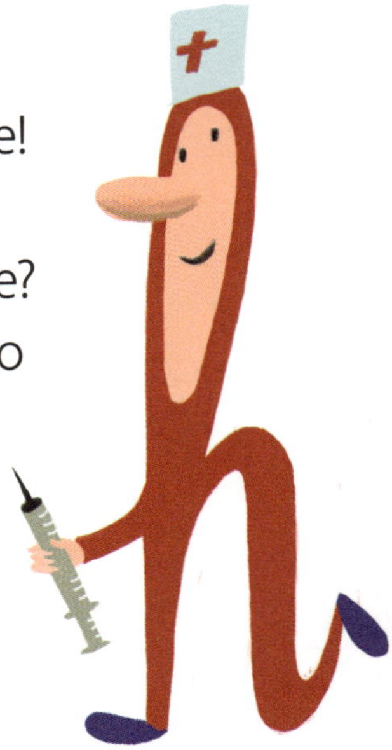

TRACCIA 11

Quando si deve scrivere ***CHI*** *e quando* ***CI****? Scoprilo con i simpatici cagnolini che ci sono nel bosco delle lettere.*

Cani campioni

Chicco, il cucciolo macchiato,
gioca a calcio saponato,
suo cugino Coda Corta
calcia un colpo giusto in porta.

Clarabella Cocherina,
campionessa è di cucina,
e fra i Cocker è rinomato
il suo caffè al cioccolato.

Tutti cani ma campioni,
con il calcio o la cucina,
pure con l'equitazione
arte molto cavallina.

TRACCIA 12

Nel bosco delle lettere certi suoni ***si assomigliano tanto*** *e non è facile distinguerli uno dall'altro. Forse ce lo saprà spiegare Noè con la sua famosa arca.*

Parola di Noè

Gira serio il **gh**iro in **gi**ro,
c'è il ghepardo che mugugna,
la giraffa che fa un ghigno:
nella giungla è tutto un lagno.

Geme il geco e la gazzella,
c'è il cinghiale che fa il gru**gn**o,
c'è un frignare nello stagno
perché piange pure il cigno.

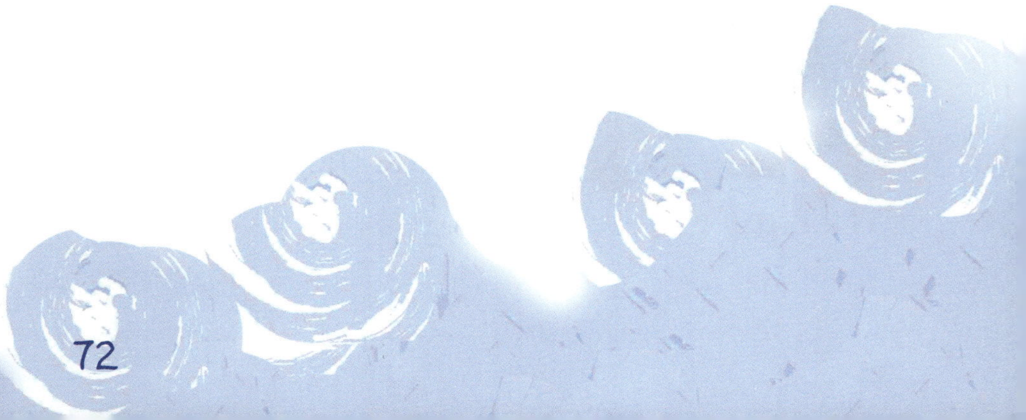

C'è la mucca che muggi**sce**,
sono a terra anche le bisce
ché l'ango**scia** le ghermisce,
ma l'allocco non capisce.

"Non gemete, non piangete,
sega e chiodi ho fatto un'arca:
una gigantesca barca
che all'asciutto ci terrà.

Su, salite tutti quanti,
fate piano, due per volta,
non temete la tempesta:
io Noè mi metto in testa!"

TRACCIA 13

La Q è davvero una lettera strana: è facile confonderla con la C, alle volte sta da sola, alle volte no... Che confusione, quasi da FARCI un'indigestione!

Ricetta per un'indigestione

Quanta carne? Quasi un chilo.
E di pasta? Quanto basta.
Quattro cuori di carciofi.
Pomodori? Non son pochi.
Quattro quarti di prosciutto,
culatello? Quello tutto.
Poi il capriccio alla francese,
cinque quaglie e maionese.

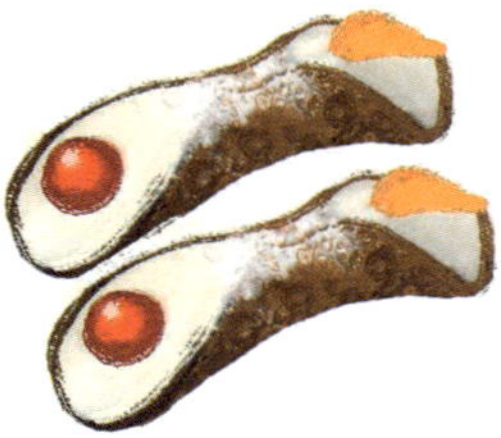

Gnocchi tanti e ben conditi,
cinque coni di gelati.
Poi i cannoli coi canditi
siciliani, i preferiti.
Pasticcini d'alta s**cu**ola,
quindi a chiudere un li**qu**ore,
il più buono, il migliore!
Poca a**cq**ua e tanto vino.

Questo è il pasto sopraffino
per Messere **Qui**ntalino.
Per Madama **Qui**ntalone:
pranzo con indigestione
con la pancia a so**qq**uadro
non la ruba neanche il ladro
tanto pesa in bilancia
quella gigantesca pancia.

TRACCIA 14

Quanti problemi quando si devono scrivere parole con ***CQ****! Acqua, acquazzone, acquario, acquarello… Acqua in bocca, senti questa filastrocca!*

Gli amici dell'acqua

Acqua che scroscia
è un **acquazzone**,
acqua colori e pennello
è un **acquerello**,
acqua con pesciolino
è l'**acquario** per un bambino,
acqua acquetta fuochino fuoco
è proprio un bellissimo gioco.

Ma se in bocca hai l'**acquolina**,
presto, scendi giù in cucina
e se trovi da mangiare
acqua in bocca e non fiatare,
mangia pure tutto te
quel che avanza lascia a me.

Nel bosco delle lettere,
quando arriva l'inverno è tutto uno
sciare, uno scivolare, uno scattare:
forza, allora, tutti in pista!

Sciare

Scarpe e scarponi,
sciarpe e maglioni,
pronto a sciare
salgo lassù.
Metto gli **sci**
e poi scendo giù!

Scatto e poi scivolo,
la pista è **scoscesa**,
svelto in **discesa**
sguscio laggiù.
Finita è la corsa,
ma io torno su!

TRACCIA 16

*Nel bosco delle lettere c'è una lettera strana, la S, che vuole a volte l'articolo **lo** invece dell'articolo **il**. E questa S speciale si chiama **S impura**.*

Lo scoiattolo spazzino

Là nel bosco mi hanno detto
che scoiattolo spazzino
se ne gira indaffarato
con in coda il suo scopino
a pulire e ripulire
tutto ciò che ha imbrattato
quella esse molto strana
appena uscita dalla tana.

Esse impura sporcacciona
dello **sp**uto dello **sb**avo
dello **sca**ccolo del naso
dello **stra**ccio tutto sporco
dello **sco**ppio dello **schi**oppo
dello **schi**affo con lo **schi**occo
senza perdere un sol colpo
ha sporcato tutto quanto.

Ma scoiattolo spazzino
quella esse sporcacciona
col veloce suo codino
spazza via con grande lena
e il bosco finalmente
è tornato come prima
ben pulito e risplendente
come fosse stato niente!

TRACCIA 17

Che cosa sono questi suoni così strani? Un motore che romba? Ma certo, gli romba la pancia perché è affamato. Nel bosco delle lettere troverà la trattoria adatta.

Il pranzo del motore

Torte e tartine per i **tra**ttori
e per le ruspe olio motori,
poi per le **gru** i cremosi **cre**mini
e per gli ara**tri** i croccanti **cro**stini.

Crema di **fra**gole contro la ruggine,
nel radiatore **bro**do di giuggiole,
per carburante succo alla pera,
romba il motore dall'alba alla sera.

Se mangia troppo il motore s'arresta,
stride la cinghia poi batte in testa,
olio di gomito, una passata:
l'indigestione è presto curata.

Ed ecco di nuovo è pronto a partire
a rombare, a girare, perfino a ruggire,
perché il motore ha tanto da fare
e non ha un attimo per riposare.

TRACCIA 18

Ecco due suoni che si confondono tra di loro…
Cercali nel grande mare vicino al bosco delle lettere, dove giocano tantissimi pesci.

Giochi di pesci

Il pesce **palla** giocava a pallone
con una **bolla** di sapone,
bella la bolla peccato però
che palleggiando la bolla scoppiò.

Poveri pesci che in fondo al mare
non potevano più giocare,
bastò salire appena di un po'
ed ecco che il gioco ricominciò!

TRACCIA 19

H sì o H no? Che confusione!
Insieme, in amicizia, non si sbaglia più.

Un'amica speciale

Ha un'amica speciale la lettera **a**
si chiama **acca** e sai che fa?
Quando sta dietro, **ah** che sorpresa!
Ma sta davanti se **ha** da far spesa.

Ha due cose da comperare
assai preziose e molto rare:
un po' di pace e di felicità
da poter donare **a** chi non ne **ha**.

TRACCIA 20

Che ne sarebbe di una città senza accento?
O di un perché senza accento?
Meglio non pensarci!

Un accento in premio

Visto che hai risposto
a tutti i miei **perché**
con tanti accenti messi sulle **e** …

Visto che mi hai detto
subito un bel **sì**
con un sorriso grande sulla **i** …

… allora ho deciso
che proprio mi va
di mettere l'accento su **papà**.

TRACCIA 21

L'apostrofo è una cosa molto strana: se si sbaglia a metterlo, possono cambiare anche le parole.

La luna di primavera

Era **l'una** e la **luna**
luccicava sulla duna
d'una luce che splendeva
mentre il monte s'assopiva.

S'assopiva ogni sasso
sulla riva di quel **dosso**
e sembravan quasi **d'osso**
tutto il monte e ogni masso.

Mentre **c'era** dentro il bosco
un silenzio color **cera**
perché luna quella **sera**
s'era vestita di primavera.

TRACCIA 22

*Appello agli animali del bosco delle lettere: chi **c'è**? Chi **non c'è**? Quanti siamo? Scoprirai che…*

Animali dappertutto

C'è il pollo nel pollaio,
c'è il gatto nel gattaio,
c'è la vespa nel vespaio
e di api ce n'è un paio.

C'è il cane nel canile,
c'è la renna di Natale,
c'è il pesce in aprile,
e c'è il pesce sotto sale.

C'è il tordo che è un po' tardo,
c'è la gatta che va al lardo,
c'è la tigre col ghepardo,
la lumaca che è in ritardo.

Animali dappertutto,
sulla terra o in fondo al mare,
al bagnato o all'asciutto,
non li puoi neanche contare.

TRACCIA 23

*La parola **poco** è davvero strana, poverella!*
*A volte si rimpiccolisce e diventa **po'**. Ne sa qualcosa il signor Poco Poverello!*

Poco Poverello

Il signor Poco Poverello
ha poco pane nel cestello,
ha poca acqua nel secchiello,
ha poco sale nel cervello.

Non ha sciarpa né cappello,
è molto brutto e poco bello,
ha un diavolo per capello,
ha poco di questo, poco di quello.

Poco piange così forte
che abbatte giù le porte,
che gli cade anche la co
e gli resta solo il **po**.

Ma non è un po accentato,
è solo un poco apostrofato,
così diventa poi però,
un po' più ricco il nostro **po'**...

E ora Poco Poverello
ha un **po'** di pane nel cestello,
un **po'** di acqua nel secchiello,
un **po'** di questo, un **po'** di quello.

TRACCIA 24

*La virgola serve per **spezzare le frasi**, ma, se non la si mette al posto giusto, può anche cambiare il senso stesso delle frasi.*

Strani temi

Mio cugino Asdrubale che voleva scrivere:
"Mio nonno mangiò, la nonna poi sparecchiò"
sbagliò la virgola e un cannibale
il povero nonno così diventò:
"Mio nonno mangiò la nonna, poi sparecchiò".

Mio cugino Apollo che voleva scrivere:
"Il cuoco, cucinato il pollo, se ne è andato",
le virgole sbagliò e cotto e abbandonato
il povero cuoco così si ritrovò:
"Il cuoco cucinato, il pollo se ne è andato".

TRACCIA 25

Il punto è il più piccolo di tutti, ma ha un grande potere: quando arriva lui ***ogni frase si ferma****, non c'è niente da fare!*

Il piccolo re

Piccolino e rotondetto,
nero, rosso, oppure blu,
sulla punta della penna
sta nascosto ben lassù.

Se di stare fermo è stanco,
senza chiedere il favore,
salta giù sul foglio bianco
e la frase fa arrestare:

"Ferma, stop, non ti avanzare"
dice, e fa la voce grossa,
"se vuoi proprio continuare
devi usare la maiuscola".

E la frase, spaventata,
lì si ferma poveretta,
e poi messa la maiuscola,
se ne parte in tutta fretta.

TRACCIA 26

In fondo alle domande *ci sta sempre lui, il punto di domanda.*
Perché se lui non c'è, ma che domanda è?

Ma cosa sei?

— Ehi tu, dimmi, cosa sei?

La coda di un maialino?
Il bastone curvo del pastore?
O la metà di un cuoricino?
L'occhio e il naso di un signore?
Sei l'orecchio di un nonnino?
Un amo per andare a pesca?
Sei il gancio dell'appendino?
Uno stambecco con un corno in testa?

— Quante domande Madama Curiosa,
io sono in fondo a ogni cosa
a ogni cosa che vuoi sapere
a ogni cosa che vuoi domandare.
Sono un bel punto con riccio e ciuffetto
sono curioso ma a volte, lo ammetto,
quando mi arrabbio mi drizzo cattivo
e divento... esclamativo!

TRACCIA 27

Ma guarda un po', è arrivato il punto esclamativo! Che sorpresa!
Se non lo conosci già, trovi qui la sua carta d'identità!

Un vero divo

È un pallino con un tubo per cappello,
Ma che bello!
È sempre attento e curioso di tutto,
Ma che matto!
E se annoiato gli viene da dire:
"Uffa, non c'è nulla da fare!"
gli passa subito e si mette a gridare:
"Ed ora, tutti a giocare!"
È simpatico, allegro, un vero divo.
Evviva il punto esclamativo!

TRACCIA 28

L'aggettivo è quella parola che dà un po' di sugo ai nomi.

Il ballo dell'aggettivo

Un aggettivo si fece
bello
per andare al ballo,
lieve
con i fiocchi della neve,
gracile
con le ali e i petali,
azzurro
con i pesci del mare,
veloce
per nuotare,
pazzerello
nel girotondo,
allegro
attorno al mondo,
tranquillo
con il nonno che viene
felice
di stare assieme.

*Il verbo, invece, è quello che **fa le cose** e per questo è sempre in gran movimento.*

Il Signor Verbo

Nel bosco delle lettere
è il Signor Verbo che **fa**:
ha fatto ieri
e domani **farà**.

Il Signor Verbo fa tutto
e **canta** e **balla**
e **ride** e **piange**
e **gioca** alla palla.

Il Signor Verbo **pulisce**
e **fa** da mangiare
ché sempre lo ha fatto
e ben lo sa fare.

Domani, ad esempio,
il Signor Verbo **farà**
la polenta calda
con il baccalà.

TRACCIA 30

Il mio bambino

Se c'è un ditone
ci sono i piedini
con i piedini
ci sono le gambe

gamba gambetta
ditone piedino
c'è di sicuro
il mio bambino.

Se c'è un naso
c'è anche il visetto
se c'è il visetto
ci sono gli occhietti.

Occhi e poi naso
bocca del viso
fatemi subito
un bel sorriso.

Se c'è un pancino
c'è pure un buchetto
ma non si dice
che lì c'è la cacca

pancia pancino
cacca e buchino
qui c'è il culetto
del mio bambino.

TRACCIA 31

Quel che sembra, spesso non è

Il **naso** piccolo
non è un **nasello**,
un **bacio** timido
non è un **baccello**.

Un **cervo** cucciolo
non è un **cervello**,
una **gioia** piccola
è sempre un **gioiello**!

È un grosso **cane**
il nero **cannone**?
Se salta e abbaia
è solo un **cagnone**!

È una lunga **fila**
il fresco **filone**?
No, può sfamare
un intero plotone!

Molto spesso
succede che
sembra una cosa
che invece non è!

E quello che sembra
è un'altra cosa
ma non così tanto
misteriosa.

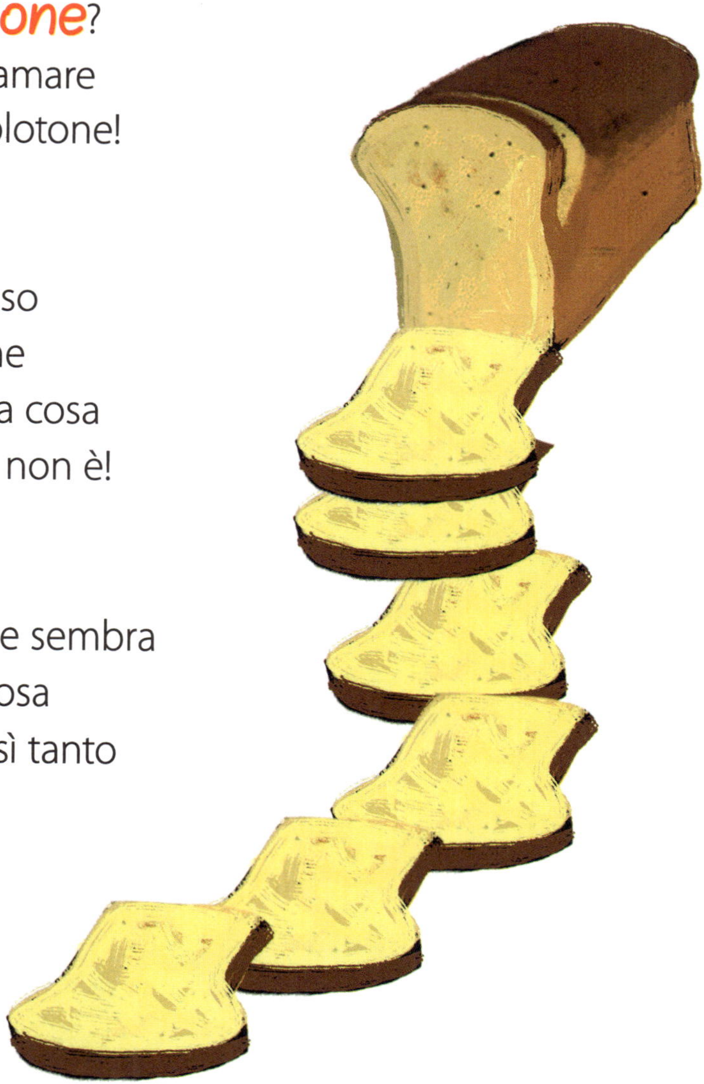

TRACCIA 32

Mucca Valeria

Mucca Valeria
che mangia il **foraggio**,
prima fa il latte
e poi fa il **formaggio**.

Saro il casaro
che cosa vuol **fare**?
Lo mette in cantina
e lo fa **riposare**.

S'annoia in cantina
e poi dice "**uffa**"
l'amico formaggio,
e fa anche la **muffa**.

Ma il Topo Brambilla
che è lì di **passaggio**,
lo vede, lo annusa
e fa il primo **assaggio**.

Lo caccia la cuoca
dicendogli: "**basta**,
lo gratterò io
sopra la **pasta**".

E gratta e grattugia
fin quasi alla **crosta**,
che quasi la vita
al formaggio gli **costa**.

Ma è sempre così,
che ci vuoi **fare**:
sei troppo buono?
Ti voglion **mangiare**!

TRACCIA 33

Discorso bislacco

«Caro cuoco
dimmi un poco
quanta acqua
ci occorre
per **cucire**
un cotechino?

E quanto spago
va attaccato
all'occhiello
del mio ago
per **cucinare**
un bel cuscino?

Quanti gradi
caro cuoco
ci conviene
per *informare*
il pan biscotto?

Che discorso
devo fare
per *infornare*
un caro amico
di quel fatto?»

«Te lo dico
te lo conto
quando tutto il tuo discorso
non sarà così bislacco»

TRACCIA 34

Una storia con un lupo

C'è **Vera**, una bambina,
a cui capita ogni sera
di trovarsi in una storia
ma la storia non è **vera**.

C'è **Bella**, sua sorella,
nella storia pure lei
e quella **bella** storia
ti assicuro, la saprai.

Incontrano ogni sera
il gran lupo **mangione**,
Man è il suo nome
e **Gione** è il suo cognome.

Vera e Bella stanno lì,
ché paura non c'è:
perché è una **bella** storia
ma **vera** non è!

TRACCIA 35

Quanti sono i venti?

Dimmi chi sono
i parenti dei **venti**?
Lascia che conti
perché sono tanti:

il più importante
è il **Principe Vento**,
poi suo fratello
che è **Venticello**

e poi **Ventolino**
che è il più piccolino,
lo zio **Ventaccio**
dal caratteraccio,

cugina **Brezza**
che è una dolcezza,
zia **Brezzolina**
che è molto carina,

nonno **Uragano**
che è proprio un villano,
comare **Bufera**
che è una megera,

zio **Fortunale**
che sta sempre male,
poi c'è **Ciclone**
che è un vero sbruffone,

Tornado che ancora
negli Usa lavora,
lo zio **Scirocco**
che sta nel Marocco

e poi c'è zia **Bora**
che sbuffa ancora
e **Tramontana**
sbadata e assai strana.

E il numero **venti**?
è parente dei **venti**?
Non so, sono stanco
e non conto più avanti!

GIOCO ANCH'IO CON LE PAROLE

Schede didattiche
a cura di
Paola Valente

LE VOCALI

Metti la vocale giusta e risolvi gli indovinelli:

- Dopo il sette viene l'.......tto.
- Di prosciutto compro un ....tto.
- A teatro c'è il primo ....tto.

- Un fiore è nel v.........so.
- Un sorriso è sul v.......so.

- La mozzarella sulla p.......zza.
- L'immondizia fa molta p.......zza.
- Sei caduto nella p.......zza.
- Il mio orsetto è di p.......zza.
- La tua idea è troppo p.......zza.

LE DOPPIE

Metti la lettera doppia e cambia il significato della parola:

- L'Eschimese vive al **Polo**,
  nel pollaio vive il ....

- Nella **casa** dei pirati
  c'è una .... di soldi rubati.

- Con il **coro** devo cantare:
  .... non posso in ritardo arrivare!

- Se tu sapessi che **pena** ho provato:
  ho perso la .... che mi hai regalato.

- Per la **sete** hai esagerato:
  .... aranciate ti sei scolato!

SCIOGLILINGUA

Leggi gli scioglilingua e fa' la gara con i tuoi amici per vedere chi riesce a ripeterli più velocemente e senza errori:

B o P?

Dice **B**e**pp**o: – **B**asta **p**asta! Che tra **p**oco sono in **p**ista con la **b**ici per la **p**osta.

Bianca **b**ianca, **p**iano **p**iano, **b**ella **b**ella, **p**ura **p**ura, **b**alla **b**alla, lieve lieve: neve neve.

B o D?

La **b**im**b**a **d**on**d**ola la **b**am**b**ola sul **d**on**d**olo, si **d**on**d**ola la **b**im**b**a insieme alla sua **b**am**b**ola.

V o F?

Di **f**ormiche una **f**lessibile **f**ila dentro un **f**ondo **f**oro s'in**f**ila.

Foca **F**ernanda **f**a la **f**ocaccia, con la **f**arina la impasta e la schiaccia, **f**a la **f**ocaccia con la **f**arina e dentro il **f**orno la cucina.

Col **v**ento a fa**v**ore **v**ola la **v**ela, arri**v**a a **V**enezia la mia na**v**icella.

Venti **v**ermi **v**anno lenti, sono **v**ermi, non serpenti.

PAROLE INCATENATE

Segui le frecce e leggi le parole: la stessa sillaba ne chiude una e ne apre un'altra.

Pe → **SCA** → lino
Va → **SCA** → tola
Ta → **SCA** → lata

Bo → **SCO** → della
Ca → **SCO** → laro
Di → **SCO** → ntrino

Completa le parole con la sillaba che chiude la precedente.

O**che** - ....le.	Ma**ghe** - ....pardo.
Ar**chi** - ....ave.	Acciu**ghe** - ....riglio.
Mar**chio** - ....do.	Luo**ghi** - ....rlanda.
Fis**chi** - ....zzi.	Fun**ghi** - ....acciolo.
Mo**sche** - ....le-	Spa**ghi** - ....aia.

PAROLE CAPRICCIOSE

Sono quelle parole che **non** vogliono la qu. Impara a memoria la breve storia, non le scorderai mai più:

Il **cuoco** della **scuola**
ha grandi piedi
e grandi scarpe di **cuoio**,
scuote la grande testa,
percuote col cucchiaio la padella,
fa la faccia feroce ma...
sotto al grembiule
batte il suo grande **cuore**.

PAROLE "SCIVOLOSE"

SCE o SCI?

Pe.......

......mmia.

......riffo.

Ru..........llo.

..........atore.

......arpa.

Ricorda: solo due parole si scrivono con scie: "scienza" e "coscienza".

LA LETTERA H

- L'acca se n'è andata! Leggi le seguenti parole e ritrova il loro significato.

Ciodi - mascera - fiscio - paccetto - occio - cilo - ciave - gepardo - strege - ruge.

- La lettera acca serve anche per distinguere il verbo avere: metti **ha** - **hai** - **hanno** dove serve:

Ogni casa .... il suo camino,
ogni mamma .... il suo bambino,
tutti i frutti .... un semino.
Anche tu .... una casetta,
.... una mamma che ti aspetta.
E possiedi di sicuro,
un semino di futuro.

L'ACCENTO

Assomiglia a un cappellino sulla testa dell'ultima vocale di una parola. È facile dimenticarlo. Cosa succede se te lo scordi?

Il papà diventa ....

Il comò diventa ....

Però diventa un ....

Farò diventa un ....

L'APOSTROFO

- E se non ci fosse l'apostrofo?

L'otto diventa il lotto.

L'una diventa la ....

L'oro diventa ....

L'etto diventa il ....

- Colora di giallo i petali che contengono le parole che vogliono **l'** e in rosa gli altri petali.

L'AGGETTIVO

In queste frasi gli aggettivi si sono mescolati e hanno formato delle buffe combinazioni. Rimettili al loro posto.

Un mare elegante salato ....

Una guancia sassosa ....

Un cielo aspro ....

Una nave profumata ....

Un limone azzurro ....

Un vestito salato ....

Una rosa veloce ....

Una strada morbida ....

Un libro saporito ....

Un bimbo verdeggiante ....

Un pollo divertente ....

Un abete chiacchierone ....

IL VERBO

In queste frasi i verbi sono volati via e si sono sparsi qua e là. Rimettili a posto.

Il gattino scappa
L'autista ....
L'uccellino ....
La nonna ....
La maestra ....
Il fucile ....
Il medico ....
Il topo ....
Il vento ....
L'aereo ....
Il neonato ....
Il pulcino ....

piange
cinguetta
legge
atterra
soffia
pigola
guida
cura
spiega
spara
rosicchia

I NOMI ALTERATI

Sta' attento: certe parole si assomigliano ma il loro significato non è lo stesso.

Il **mattone** non è un GROSSO MATTO.

Il **portone** non è un GRANDE ....

Il **cantone** non è un GRANDE ....

La **mattina** non è una PICCOLA ....

Il **melone** non è un GRANDE ....

Il **grilletto** non è un PICCOLO ....

Il **canino** non è un PICCOLO ....

Il **montone** non è un GRANDE ....

Il **bagnino** non è un PICCOLO ....

Il **visone** non è un GRANDE ....

La **focaccia** non è una BRUTTA ....

COSTRUISCI LA SCHEDA DEL LIBRO

TITOLO: ....

AUTORE: ....

CASA EDITRICE: ....

PERSONAGGI: ....

....

LA STORIA MI HA INSEGNATO CHE:

....

....

....

CHE COSA PENSO DEL LIBRO:

....

....

....

....

....

....

QUESTO È L'EPISODIO DEL LIBRO

CHE MI È PIACIUTO DI PIÙ

(disegna)

DISEGNO REALIZZATO DA:

....

(NOME) (COGNOME)

INDICE

PARTE PRIMA: IL RACCONTO

PARTE SECONDA: LE FILASTROCCHE

SCHEDE DIDATTICHE

Gli altri titoli della **Serie Rossa**

Esopo – Le più belle favole
Antonella Ossorio – Tante fiabe in rima
Carlo Collodi – Pinocchio
Luigino Quaresima – L'astrobolla
Gabriella Pirola – Nata sotto un cavolo
Luigi Capuana – Trottolina e altre fiabe
Paola Valente – La Maestra Tiramisù
Fatima Mariucci – Il formicuzzo Gennaro
Giovanna Marchegiani – Leo e... Poldo
Antonella Ossorio – Tante favole in rima
Domenico Romano Mantovani – L'omino nella tromba
Marco Moschini – I rapatori di teste
Nicola Cinquetti – Un pirata in soffitta
Valente, Mantovani, Moschini, Cinquetti – Fra streghe e... risate
Annalisa Molaschi – Un safari emozionante
Rosalia Mariani – Guerra agli spauracchi
Maria Strianese – Il ragno volante
Annamaria Piccione – Hanno rapito mio fratello!
Paola Segantin – Non arrenderti, Fortuna!
Gabriella Pirola – Domitilla
Quaresima, Pirola – Una stella e... un mostro!
Nadia Bellini – Le ortiche della saggezza
Eleonora Laffranchini – Maurizio, gatto egizio
Ivonne Mesturini – Girogirotondo

L'ASCOLTO DELLE FILASTROCCHE PERMETTE DI CONSOLIDARE IN MODO DIVERTENTE L'APPRENDIMENTO DELLE REGOLE GRAMMATICALI.

INDICE DELLE TRACCE CONTENUTE NEL CD: